З.Н. Потапурченко,
И.В. Ксенофонтов

Санкт-Петербург

Комплексное учебное пособие
для изучающих русский язык
как иностранный

РУССКИЙ ЯЗЫК
КУРСЫ

Москва
2012

УДК 811. 161.1
ББК 81.2 Рус-96
П64

Потапурченко, З.Н.

П64 **Санкт-Петербург:** комплексное учебное пособие для изучающих русский язык как иностранный / З.Н. Потапурченко, И.В. Ксенофонтов. — М.: Русский язык. Курсы, 2012. — 48 с. (Серия «Путешествуем по России»)

ISBN 978-5-88337-268-0

«Санкт-Петербург» — комплексное учебное пособие из серии «Путешествуем по России» — включает книгу с текстами и заданиями и DVD, содержащий 8 учебных фильмов. Тексты пособия соответствуют I сертификационному уровню ТРКИ. Фильмы посвящены истории и архитектуре Санкт-Петербурга и его пригородов, а также главным музеям этого замечательного города.

Пособие «Санкт-Петербург» адресовано в первую очередь иностранцам, изучающим русский язык, а также детям наших соотечественников, проживающим за рубежом. Кроме того, пособие может быть полезно учащимся средних общеобразовательных школ России и всем интересующимся русской историей и культурой.

Учебное издание

Серия «Путешествуем по России»
Потапурченко Зинаида Николаевна
Ксенофонтов Игорь Валерьевич

САНКТ-ПЕТЕРБУРГ

Комплексное учебное пособие для изучающих
русский язык как иностранный
Редактор: *Д.В. Сосницкая*
Корректор: *Н.В. Жукова*
Дизайн обложки: *К.С. Зон-Зам*
Компьютерная вёрстка: *С.Б. Лысиков*

Формат 84×108/32. Объём 1,5 п.л. Тираж: 1000 экз.
Подписано в печать 02.12.2011. Заказ № 26
Издательство ЗАО «Русский язык». Курсы
125047, г. Москва, 1-я Тверская-Ямская ул., д. 18
Тел./факс: +7(499) 251-08-45, тел.: +7(499) 250-48-68
e-mail: kursy@online.ru; rkursy@gmail.com; russky_yazyk@mail.ru
www.rus-lang.ru

Отпечатано в ОАО «Щербинская типография»
117623, Москва, ул. Типографская, д. 10
Тел.: (495) 659-23-27

ISBN 978-5-88337-268-0

Предисловие

«Санкт-Петербург» — комплексное учебное пособие из серии «Путешествуем по России». Оно рассказывает об истории и архитектуре второго по значению и величине города России. Пособие состоит из книги для чтения и DVD с учебными фильмами. Оно адресовано в первую очередь иностранцам, владеющим русским языком в объёме I сертификационного уровня ТРКИ, детям наших соотечественников, проживающих за рубежом, и всем интересующимся русской историей и культурой.

Страноведческий материал, содержащийся в пособии, обогатит знания иностранных учащихся о Санкт-Петербурге — Северной Венеции, как его часто называют. Использование данного учебного комплекса на занятиях по РКИ позволит расширить возможности преподавателя и будет способствовать развитию у иностранных учащихся навыков чтения, аудирования и говорения.

В качестве текста для чтения в брошюру включена адаптированная повесть Н.В. Гоголя «Невский проспект». Все тексты учебного комплекса снабжены заданиями по развитию речи. Предтекстовые задания дают возможность поработать над лексикой и грамматикой, а послетекстовые проверить понимание услышанного и прочитанного.

Тексты данного учебного пособия могут быть эффективно использованы как дополнительный культурологический материал на занятиях по РКИ в рамках различных форм обучения, обеспечивая не только языковую, но и культурную составляющую урока.

Город Петра

1. Прочитайте слова, посмотрите их значение в словаре, обратите внимание на ударение в этих словах.

Устье реки́, кре́пость, сооруже́ние, экспона́т, экспози́ция, си́мвол, символизи́ровать, а́рка, монуме́нт, флот, триу́мф, триумфа́льный, грани́т, ме́дный, вса́дник, барелье́ф, коло́нна, зо́дчий, во́инский, огра́да, скульпту́ра, возвыша́ться, прое́кт, шпиль, сфинкс, баро́кко, классици́зм, усыпа́льница, достопримеча́тельность.

2. Прочитайте слова вслух и разберите их по составу: выделите в них корень, приставку, суффикс и окончание.

Строить — построить — строительство — построен (-а, -о, -ы)
Сооружать — соорудить — сооружение — сооружён (-а, -о, -ы)
Воздвигать — воздвигнуть — воздвигнут (-а, -о, -ы)
Украшать — украсить — украшение — украшен (-а, -о, -ы)
Основывать — основать — основан (-а, -о, -ы)
Проект — (с)проектировать — спроектирован (-а, -о, -ы)
План — планировать — спланировать — планировка

3. Найдите корень в следующих словах.

Бе́рег — на́бережная — левобере́жная — правобере́жная
Евро́па — европе́йский — общеевропе́йский
Пара́д — пара́дный
Си́мвол — символизи́ровать
Триу́мф — триумфа́льный
Война́ — вое́нный — во́инский
Образ — изобража́ть — изобрази́ть — изобража́ющий

4. Проанализируйте образование степеней сравнения прилагательных.

Вели́кий — са́мый вели́кий — велича́йший
Краси́вый — краси́вее — са́мый краси́вый — краси́вейший
Прекра́сный — прекра́снее — са́мый прекра́сный — прекра́снейший

Кру́пный — крупне́е — са́мый кру́пный — крупне́йший
Замеча́тельный — са́мый замеча́тельный — замеча́тельнейший
Ста́рый — са́мый ста́рый — старе́йший
Ре́дкий — са́мый ре́дкий — редча́йший

5. Прочитайте текст и посмотрите первую часть фильма «Город Петра». Выполните задания после текста.

❶

В 1703 году император Пётр I[1] основал новый город и назвал его Санкт-Петербургом. Более двухсот лет, с 1713 до 1918 года, Санкт-Петербург был столицей Российского государства. Этот город стал для страны «окном в Европу». Он помог ей войти в общеевропейскую жизнь.

Днём рождения Санкт-Петербурга считается 27 мая. В этот день Пётр I начал по собственному чертежу строить крепость на небольшом острове в устье реки Невы. Эта крепость должна была защищать земли, отвоёванные у Швеции в Северной войне[2]. Крепость назвали Петропавловской. Она считается историческим центром города.

[1] *Пётр I Великий* (1672–1725) — первый российский император, которого считают выдающимся государственным деятелем.
[2] *Се́верная война* (1700–1721) — война России со Швецией за выход к Балтийскому морю.

Сначала все сооружения крепости были земляными и деревянными. Вскоре в результате большого наводнения большая их часть была разрушена. Поэтому в 1706 году по указу Петра I швейцарский архитектор Доменúко Трезúни начал строительство новых каменных сооружений. Оно было завершено в 1740 году, уже после смерти Петра.

Петропавловская крепость являлась первоклассным военно-инженерным сооружением того времени. Высота её стен 10–12 метров, а ширина местами достигает 20 метров. Для парадного въезда в крепость построили Невские и Петровские ворота.

В центре крепости сначала построили деревянную церковь святых апостолов Петра и Павла. Позже Доменико Трезини перестроил эту церковь в каменный Петропавловский собор, который украшает высокий золотой шпиль с фигурой ангела. Этот ангел с крестом был создан по рисунку Петра I. Общая высота собора — 122,5 метра. Золотой шпиль Петропавловского собора символизирует выход России к Балтийскому морю. Петропавловский собор стал усыпальницей дома Романовых. Здесь похоронены русские императоры от Петра I до Николая II.

Сегодня недалеко от Петропавловского собора можно увидеть бронзовый памятник Петру Великому. Его создал современный скульптор-авангардист Михаил Шемякин. Пётр I изображён сидящим в своём кресле. Он одет в расшитый камзол[1]. Эта скульптура привлекает внимание посетителей.

На правом берегу реки Невы, напротив Петропавловской крепости, во времена Петра I было построено ещё одно вспомогательное укрепление, которое называлось крóнверк. Позже это сооружение перестроили. С 1860 года его использовали как артиллерийский склад или арсенал. Сегодня в здании арсенала расположен один из крупнейших военных музеев мира. В нём хранится более 200 000 экспонатов: от современных ракет до пушек XV века.

Пётр I хотел, чтобы административным и торговым центром новой столицы стал Васильевский остров. Для

[1] *Камзóл* — мужская одежда длиной до колен, иногда без рукавов.

его застройки по приказу Петра была создана специальная планировка улиц в виде прямых параллельных линий. Эта планировка сохранилась до наших дней.

На стрелке Васильевского острова по указу Петра I в 1705 году была построена первая в России биржа. Здесь проходили собрания купечества и торговые сессии. Здание петербургской биржи, которое мы видим сейчас, в 1805–1810 годах построил французский архитектор Тома́ де Томо́н. Новое здание отвечало потребностям растущей российской экономики.

На Васильевском острове сложился великолепный архитектурный ансамбль. Набережную реки Невы украсили здания Петровской эпохи[1]: Зоологический музей, Кунсткамера[2], Академия наук, Санкт-Петербургский университет и Академия художеств.

Напротив входа в Академию художеств стоят два сфинкса, которых привезли из Египта в 1732 году. Эти сфинксы стали одной из самых известных достопримечательностей Петербурга.

Архитектурным центром левобережной части города является Адмиралтейство, которое первоначально было судостроительной верфью и крепостью, защищавшей город. Строительство Адмиралтейства началось почти одновременно со строительством Петропавловской крепости. Золотой шпиль главного здания Адмиралтейства украшает кораблик, который символизирует морские ворота России. Комплекс зданий Адмиралтейства — это величайшее произведение русского классицизма и памятник славе Российского флота.

6. Выберите правильный ответ.

1. Петропавловская крепость считается историческим центром города, потому что она...

---

[1] *Петро́вская эпо́ха*, или эпоха Петра — время преобразовательной деятельности Петра Великого.

[2] *Кунстка́мера*, или собрание редкостей — первый музей России, был основан императором Петром I. В настоящее время это Музей антропологии и этнографии имени Петра Великого.

а) являлась первоклассным военно-инженерным сооружением того времени;
б) была первым сооружением, построенным на территории будущего города;
в) должна была защищать земли, отвоёванные у шведов в Северной войне.

2. Собрания купечества и торговые сессии проходили...
   а) в здании биржи;
   б) в здании арсенала;
   в) в Кунсткамере.

3. Адмиралтейство построили...
   а) на левом берегу реки Невы;
   б) на правом берегу реки Невы;
   в) на небольшом острове.

7. Ответьте на вопросы.

1. Что произошло 27 мая 1703 года? Почему этот день считается днём рождения Санкт-Петербурга?
2. Какие сооружения сегодня можно увидеть на территории Петропавловской крепости?
3. Что такое кронверк? Где и зачем он был построен?
4. Где по замыслу Петра I должен был находиться административный и торговый центр города? Что Пётр для этого сделал?
5. Какие здания построены на Васильевском острове?
6. Что расположено напротив входа в академию художеств?
7. Каких архитекторов, строивших Санкт-Петербург, вы узнали?

Это интересно

Чтобы ускорить строительство Петербурга в 1714 году был издан указ, запрещавший возведение каменных зданий по всей России, кроме нового города. А все путешественники, приезжавшие в новую столицу, должны были привозить с собой определённое количество камней.

8. Прочитайте текст, посмотрите вторую часть фильма «Город Петра», ответьте на вопросы.

❷

К востоку от Адмиралтейства находится Дворцовая площадь. В царствование дочери Петра Великого Елизаветы здесь был построен Зимний дворец. Этот дворец стал замечательным творением архитектора Растре́лли[1]. Более 4 тысяч рабочих, за которыми Растрелли наблюдал лично, трудились непрерывно летом и зимой в течение шести лет с 1754 по 1762 год. Зодчий старался создать дворец, которым могла бы по праву гордиться новая российская столица.

Зимний дворец поражает огромными размерами и удивительной цветовой гаммой: сочетанием зелёного цвета стен и белых колонн. На верху здания находятся многочисленные статуи и вазы. Зимний дворец — один из прекраснейших памятников русского барокко. С 1762 до 1917 года Зимний был резиденцией русских императоров. А сейчас здесь находится музей Эрмитаж. В настоящее время экспозиция музея занимает 350 залов. Эрмитаж является одним из крупнейших музеев мира.

В 1834 году на Дворцовой площади была воздвигнута Александровская колонна — монумент в честь победы русской армии в Отечественной войне[2] 1812 года. Это самая высокая в мире триумфальная колонна. Она сделана из монолитной глыбы розового гранита. Высота колонны составляет 47,5 метров, а вес — 650 тонн. На памятнике написано: «Александру I благодарная Россия». На верху колонны находится фигура ангела с крестом. Лицо ангела похоже на лицо русского императора Александра I, которого считали победителем Наполеона.

Напротив Зимнего дворца расположено здание Главного штаба, два крыла которого соединяет Триумфальная арка. Двойную арку сверху украшает скульптурная группа из шести коней, которыми управляет богиня Победы. Триумфальная арка — это памятник победе России в Отечест-

---

[1] *В.В. Растре́лли* (1700–1771) — русский архитектор итальянского происхождения.

[2] *Оте́чественная войнá 1812 года* — война между Россией и Францией, закончившаяся победой России над армией Наполеона.

2-26

венной войне 1812 года. Здание Главного штаба построили в 1820–1829 годах по проекту архитектора Ро́сси[1].

В центре Петербурга находится ещё одна площадь. Это площадь Декабристов[2]. На ней возвышается памятник Петру I, известный всем как Медный всадник. Его воздвигли по приказу Екатерины II[3]. Автором проекта является французский скульптор Фальконе́. Памятник установили на гигантский камень, который привезли с берегов Финского залива. На камне сделали надпись на русском и латинском языках: «Петру Первому Екатерина Вторая». Этот монумент — один из лучших конных памятников мира.

В 1818 году по приказу Николая I началось строительство Исаакиевского собора. Собор строили ровно 40 лет и закончили в 1858 году. Здание украшают 112 колонн из гранита, а также статуи и барельефы. Исаакиевский собор —

Это интересно

Елизавета умерла, не дождавшись окончания строительства Зимнего дворца. В апреле 1762 года в новое здание переехал её племянник император Пётр III со своей женой, будущей императрицей Екатериной II.

После завершения строительства Зимнего дворца вся Дворцовая площадь была завалена мусором, кирпичом и остатками жилищ рабочих. Чтобы быстрее очисть место перед дворцом, император Пётр III предложил жителям Петербурга приходить на площадь и брать себе всё, что хотели. Через несколько часов от строительного мусора не осталось и следа.

---

[1] *К.И. Ро́сси* (1775–1849) — русский архитектор итальянского происхождения, автор многих зданий и архитектурных ансамблей в Петербурге и его окрестностях.

[2] *Декабри́сты* — члены тайного общества, которые в декабре 1825 года организовали антиправительственное восстание на Сенатской площади (сегодня площадь Декабристов).

[3] *Екатери́на II Вели́кая* — императрица всероссийская с 1762 по 1796 год. Её правление называют золотым веком русского дворянства. При Екатерине II в Санкт-Петербурге появился Эрмитаж и первая публичная библиотека. Екатерина II вела переписку с французскими философами — Вольтером и Дидро.

это уникальное архитектурное и инженерное сооружение. Он является крупнейшим в мире купольным зданием. Его высота 101,5 метр. Это великолепный памятник архитектуры позднего классицизма. Исаакиевский собор строили многие талантливые архитекторы, главным среди которых был француз Огюст де Монферра́н.

Сегодня посетители Исаакиевского собора могут подняться на его колоннаду и с высоты 43 метров полюбоваться прекрасными видами Петербурга.

1. Какие сооружения можно увидеть на дворцовой площади?
2. Кто является архитектором Зимнего дворца?
3. Для кого был построен Зимний дворец?
4. Что сейчас находится во дворце?
5. В связи с чем была воздвигнута Александровская колонна?
6. Какое здание находится напротив Зимнего дворца?
7. Что находится на верху Триумфальной арки?
8. Что такое Медный всадник и где он находится?
9. Почему Исаакиевский собор считается уникальным архитектурным сооружением?
10. Имена каких архитекторов и скульпторов, работавших в Петербурге, вы узнали? Что они создали?

9. Прочитайте текст и посмотрите третью часть фильма «Город Петра». Выполните задания после текста.

❸

В центральной части Петербурга расположен старейший парк города — Летний сад. Он был заложен в 1704 году по приказу Петра I. Деревья и кусты для него привезли из Подмосковья. Их посадили по моде того времени — прямыми аллеями. Для украшения сада по указу Петра I из Италии привезли 250 скульптур XVII–XVIII веков. В настоящее время сохранилось только 89 скульптур.

В углу сада на берегу реки Фонтанки был построен летний дворец Петра. На протяжении 13 лет царь вместе с семьёй приезжал сюда на лето. Сейчас в этом небольшом домике находится музей Петра I. В Летнем саду император устраивал праздники и приёмы иностранных гостей. Сейчас этот сад — любимое место отдыха жителей Петербурга и туристов. Одна из самых известных достопримечательностей Летнего сада — великолепная ограда, украшающая его со стороны реки Невы.

Сегодня главной улицей Санкт-Петербурга является Невский проспект. В 1710 году на этом месте через лес и болота была проложена прямая дорога к строившемуся Адмиралтейству. Позже эту дорогу осушили и по бокам посадили деревья, а также поставили фонари и скамейки для отдыха́. Сначала дома вдоль дороги не строили, потому что центром Петербурга планировали сделать Васильевский остров. Но со временем стало ясно, что центром города будет Невский проспект. Так с 1781 года начали официально называть эту улицу.

К середине XIX века Невский проспект стал одной из самых красивых и благоустроенных улиц мира. Сегодня это центр деловой жизни, торговли и развлечений. На проспекте и вблизи него расположены многочисленные музеи, библиотеки, театры, концертные залы, банки и магазины, а также гостиницы и рестораны.

В центре Невского проспекта находится Казанский собор, построенный по проекту архитектора Ворони́хина в стиле русского классицизма. Собор начали возводить в 1801 году по указу императора Павла I, закончили строительство в 1811 году. Собор украшают 96 колонн. Грандиоз-

Это интересно

В Россию была привезена античная статуя богини Венеры, созданная в I–II веках до нашей эры. Около двух тысяч лет эта статуя пролежала в земле. Её нашли во время археологических раскопок в Риме. Статую установили в Летнем саду и стали называть «Венерой Петровской». В царствование Екатерины II её перенесли в Таврический дворец, и с той поры она называется «Венерой Таврической». Сегодня статую можно увидеть в одном из залов Эрмитажа.

ная колоннада Казанского собора напоминает Собор Святого Петра в Риме. Казанский собор в Петербурге — это памятник русской воинской славе. Внутри собора похоронен прославленный полководец, герой Отечественной войны 1812 года Михаил Куту́зов[1].

Невский проспект пересекает канал Грибоедова. Здесь стоит Храм Вознесения Христова, который также называют Спасом на Крови. Храм воздвигнут на том месте, где в 1881 году был смертельно ранен император Александр II[2]. Этот архитектурный памятник построен в русском стиле и напоминает Собор Василия Блаженного в Москве.

Это интересно

Со многими зданиями на Невском проспекте связаны легенды и тайны. Например, в доме № 18 в начале XIX века находилась знаменитая кондитерская Вульфа и Беранже. Здесь в январе 1837 года Пушкин перед дуэлью встретился со своим лицейским товарищем Константином Данзасом. Они ещё раз обсудили условия поединка, вышли из кондитерской, сели в сани и направились к Чёрной речке. Через два часа Пушкин был смертельно ранен.

Через полвека после этого события в помещениях кондитерской Вульфа и Беранже был открыт ресторан. Поздним октябрьским вечером 1893 года, после успешного концерта, в окружении друзей в ресторан зашёл Пётр Ильич Чайковский. Согласно преданию, он попросил принести стакан воды. «Извините, кипячёной нет», — ответили ему. «Так дайте сырой. И похолоднее», — нетерпеливо попросил композитор. Сделав всего один глоток, он поблагодарил официанта и вернул стакан. Единственный глоток оказался роковым. Согласно официальной версии, Чайковский заболел холерой и через несколько дней умер.

---

[1] *М.И. Куту́зов* (1745–1813) — русский полководец, генерал-фельдмаршал (с 1812).

[2] *Алекса́ндр II* — император всероссийский с 1855 по 1881 год. В 1861 году отменил крепостное право. Погиб в результате террористического акта.

Площадь Островского[1] названа по имени знаменитого русского драматурга. В 1873 году на ней был открыт памятник Екатерине II. На постаменте памятника находится скульптурная группа, изображающая 9 главных деятелей Екатерининской эпохи. Среди них можно увидеть фигуры великих русских полководцев Александра Суворова[2] и Григория Потёмкина[3].

В глубине площади стоит Александринский театр, который был сооружён в 1728–1732 годах архитектором Росси. Это первый публичный театр в России. За зданием театра зодчий спроектировал прямую широкую улицу, которая считается одной из самых красивых улиц Петербурга. Она носит имя своего архитектора — Росси. Здесь, в одном из зданий, с 1835 года по указу Николая I разместилось балетное училище, выпускниками которого были такие известные балерины, как Анна Павлова и Галина Уланова. Сегодня здесь находится Академия русского балета.

Петербург часто называют Северной Венецией, потому что в городе много рек и каналов. Их берега соединяют многочисленные мосты, неповторимые по своей красоте. Самый знаменитый — Ани́чков мост. Он находится там, где Невский проспект пересекает река Фонтанка. На его постаментах стоят четыре скульптурные группы, изобра-

[1] *А.Н. Остро́вский* (1823–1886) — выдающийся русский драматург.
[2] *А.В. Суво́ров* (1729–1800) — полководец и военный теоретик, генералиссимус (с 1799).
[3] *Г.А. Потёмкин* (1739–1791) — государственный деятель, генерал-фельдмаршал.

жающие коней и человека, созданные русским скульптором Петром Клодтом.

Многочисленные гранитные набережные, дворцы, парки и мосты делают Санкт-Петербург одним из самых уникальных городов мира. Петербург особенно хорош, когда в город приходят белые ночи.

10. Посмотрите фильм без звука. Назовите объекты (здания, площади, улицы, памятники), которые вы видите на экране.

11. Расскажите, что вы узнали о Санкт-Петербурге из фильма.

Музеи Санкт-Петербурга

12. Прочитайте слова, посмотрите их значение в словаре, обратите внимание на ударение.

Хруста́ль, ткань, парке́т, полотно́, холст, сокро́вище, сиюмину́тный, изы́сканный, ры́царь, фра́за, деви́з, импрессиони́зм, куби́зм, примитиви́зм, декорати́вно-прикладно́й, антрополо́гия, этногра́фия, обсервато́рия, телеско́п, планета́рий, гло́бус.

13. а) Запомните синонимы:

с удовольствием — охотно — с радостью
картина — холст — полотно — произведение живописи
экспозиция — выставка
тайный — секретный — скрытый
узнавать — постигать
произведение — творение
удивлять — поражать
уникальный — единственный, неповторимый
фраза — предложение
сокровища — богатства
самобытный — своеобразный, не похожий на других

б) Запомните антонимы:

редкий — частый
появляться — исчезать
строить — разрушать

14. Образуйте причастие по образцу.

а) *Образец:* расти — растут — растущий
писать — пишут — ...
плыть — плывут — ...
бежать — бегут — ...

б) *Образец:* читать — читают — читающий
исчезать — исчезают — ...
поступать — поступают — ...
удивлять — удивляют — ...
считать — считают — ...
обладать — обладают — ...
населять — населяют — ...
представлять — представляют — ...

в) *Образец:* нарисовать — нарисовал — нарисованный
создать — создал — ...
написать — написал — ...
сделать — сделал — ...
собрать — собрал — ...
услышать — услышал — ...

г) *Образец:* открыть — открыл — открытый
закрыть — закрыл — ...
сшил — сшить — ...
надеть — надел — ...

! **Обратите внимание:** воздвигнуть — воздвиг — воздвигнутый
построить — построил — построенный
просмотреть — просмотрел — ...
увидеть — увидел — ...

Обратите внимание: возвести — возвёл — возведённый
изобразить — изобразил — изображённый
купить — купил — купленный
приготовить — приготовил — ...
представить — представил — ...
оставить — оставил — ...

Кунсткамера

15. Прочитайте текст и посмотрите фильм «Кунсткамера». Ответьте на вопросы.

В 1714 году Пётр I издал указ о создании первого в России музея, или Кунсткамеры, который сначала размещался в Летнем домике Петра, потом в одном из зданий на Васильевском острове. В музее можно было увидеть коллекцию анатомических редкостей, привезённых Петром I из Европы. Вход в Кунсткамеру был бесплатный, так как Пётр считал, что всех интересующихся наукой надо приглашать и угощать, а не денег с них брать. Служители музея встречали каждого посетителя, провожали его по залам и показывали ему экспонаты с кратким объяснением.

Позже на Васильевском острове, на месте, которое выбрал сам Пётр, в 1718 году началось строительство специального музейного здания. Проект был разработан несколькими архитекторами при личном участии императора. Строительные работы были завершены в 1734 году уже после смерти Петра I. Здание построено в стиле петровского барокко и увенчано многоярусной башней, на верху которой находится сфера, символизирующая Солнечную систему.

В наше время здесь располагается Музей антропологии и этнографии. Это один из крупнейших и старейших этнографических музеев мира. Его бесценные коллекции рассказывают об истории, культуре и быте народов Азии и Северной Америки, представлены их одежда, орудия труда, украшения, макеты традиционного жилища.

Особое внимание посетителей привлекает коллекция предметов, привезённых из Японии. Эту коллекцию начали собирать ещё в XVIII веке. В её создании участвовали русские путешественники, дипломаты и даже военные. Самые интересные экспонаты — оружие и доспехи японских самураев, которые прославились своей храбростью.

В здании Кунсткамеры находится музей великого русского учёного Михаила Васильевича Ломоносова, работавшего здесь с 1741 по 1765 годы. В музее можно увидеть конференц-зал, в котором собирались российские учёные. В центре зала стоит большой стол, за которым сидели члены Петербургской академии наук. Их портреты висят на стенах. В шкафах находятся физические приборы того времени. О частной жизни Михаила Ломоносова рассказывают его личные вещи.

В башне музея можно увидеть первую в России обсерваторию, телескопы и даже рабочее место астронома XVIII века. Здесь же находится большая зрительная труба. С её помощью в 1763 году Ломоносов сделал одно из самых замечательных научных открытий в истории мировой науки. Он наблюдал, как планета Венера проходила по диску Солнца. По тонкому свечению вокруг диска Венеры учёный догадался, что эта планета имеет воздушную атмосферу.

Гордостью музея стал уникальный экспонат — Большой академический глобус. Этот глобус является первым в мире планетарием. Его диаметр 3 метра 10 сантиметров, вес 3,5 тонны. На внешней поверхности глобуса изображена карта земного шара, а на внутренней — карта звёздного неба. Внутри глобуса помещался стол, вокруг которого стояли скамейки для 12 человек. Когда глобус вращался, зрители могли любоваться звёздным небом. Этот глобус был изготовлен в конце XVII века в Германии, в городе Готторпе. Его строили 10 лет, а потом установили в городском парке. Здесь его и увидел Пётр I. Русскому царю понравился этот глобус, и он получил его в подарок.

Коллекции Кунсткамеры разнообразны и многочисленны. Экскурсии по музейным залам — это увлекательное путешествие по странам и континентам, знакомство с наукой, культурой и бытом народов, населяющих земной шар.

1. Расскажите, как появился в России первый музей? Как он тогда назывался?
2. Как этот музей называется сейчас?
3. О чём можно узнать, посмотрев коллекции Музея антропологии и этнографии?
4. Что представляет собой Музей М.В. Ломоносова?
5. Что такое Большой академический глобус? Расскажите об этом уникальном музейном экспонате.
6. Чем сегодня привлекают посетителей коллекции Музея антропологии и этнографии имени Петра Великого.

16. Найдите корень в сложных словах.

Всемирный, средневековый, сиюминутный, драгоценный, древнерусский, самобытный.

Эрмитаж

17. Прочитайте текст и посмотрите фильм «Эрмитаж», выполните задания.

Пётр I интересовался западным образом жизни, наукой и искусством. Он первым из русских царей побывал за границей, где покупал картины европейских художников. Именно эти картины положили начало коллекции всемирно известного Эрмитажа[1].

Дело Петра I продолжила Екатерина II. Она решила создать собственную картинную галерею. В Зимний дворец начали поступать новые картины из Европы. В основном это были полотна мастеров голландской и фламандской школ. Для хранения растущей коллекции рядом с Зимним

Это интересно

Екатерина II купила «Данаю» в числе других замечательных картин по совету французского философа Денни Дидро. «Даная» Рембрандта — это один из бесценных шедевров Эрмитажа.

В 1985 году в зал Эрмитажа, где висят картины Рембрандта, вместе с экскурсией пришёл мужчина. Он спросил у работниц музея, какая из картин наиболее ценная. Узнав, он подошёл к «Данае», достал склянку и выплеснул её содержимое прямо в центр холста. Краска сразу же начала пузыриться, менять цвет — в склянке была серная кислота. Потом злоумышленник достал нож и успел дважды порезать картину. Казалось, бесценное произведение искусства было уничтожено навсегда.

Но картина не пропала. Её реставрация длилась 12 лет и закончилась в 1997 году. Сегодня «Даная» демонстрируется в зале голландской и фламандской живописи Эрмитажа. Для предотвращения актов вандализма картина защищена бронированным стеклом

---

[1] В переводе с французского ermitage — место уединения.

дворцом одно за другим возвели три специальных здания. Первым был построен «Эрмитажный театр», затем «Эрмитаж» и, наконец, «Новый Эрмитаж», известный всему миру фигурами своих атлантов[1].

Сейчас Эрмитаж является одним из крупнейших музеев мира. Его экспозиции занимают 350 залов. В музее хранится около 3 000 000 экспонатов. Если вы захотите посмотреть их все, потратив хотя бы 10 секунд на каждый экспонат, то вам понадобится около года.

Сегодня эрмитажная коллекция голландских и фламандских художников XVII–XVIII веков является лучшей в мире. Известно, что одной из первых для Екатерины II была куплена картина Рубенса. С тех пор произведения великого фламандского художника восхищают посетителей Эрмитажа верой в несокрушимую силу жизни.

Стремление понять скрытый смыл жизни, поиск веры и истины свойственны картинам великого Рембрандта. Гордостью Эрмитажа является известная всему миру «Даная», написанная великим голландским художником.

Несколько залов Эрмитажа посвящены картинам итальянских мастеров эпохи Возрождения[2]. Без гениальных итальянцев любая музейная коллекция будет неполной. Именно они первыми в истории человечества заговорили о красоте земной жизни. Эрмитажу принадлежат творения лучших итальянских художников. В музее можно увидеть работы Леонардо да Винчи: его знаменитые полотна «Мадонна Бенуа» и «Мадонна Литта».

В одном из залов Эрмитажа находится коллекция старинного оружия, представляющая эпоху Средневековья[3]. Она появилась здесь благодаря императору Николаю I[4].

В конце XIX века весь мир покорило искусство Франции. Эрмитаж обладает уникальной коллекцией картин художников-импрессионистов, среди которых Клод Моне, Ренуар,

---

[1] *Атла́нты* — статуи, поддерживающие перекрытие здания «Нового Эрмитажа» в Санкт-Петербурге.

[2] *Эпо́ха Возрожде́ния, или Ренесса́нс* (XIV–XVI века) — период в истории Европы, пришедший на смену Средним векам.

[3] *Эпо́ха Сре́дних веков, или Средневеко́вье* (конец V — начало XIV веков) — период в истории Европы, следующий после Античности.

[4] *Никола́й I* — император всероссийский (1825–1855).

Гоген, Сезанн, Ван Гог и другие. Поэзия мгновения, исчезающая красота этого мира, сиюминутное впечатление, изображенное художником на холсте, — вот суть импрессионизма.

Удивительное впечатление производят работы Анри Матисса. Направление в искусстве, открытое этим художником, называют примитивизмом. Иногда кажется, что фигуры на картинах Матисса нарисованы детской рукой.

Весь мир узнаёт картины испанца Пабло Пикассо, который пришёл в искусство с фразой «Смерть хорошему вкусу», ставшей его девизом. Пикассо дал миру новый художественный стиль, который теперь называется кубизмом.

Государственный Эрмитаж сохранил редчайшие произведения искусства, собранные со всего мира. Сегодня посетители музея могут любоваться не только картинами и скульптурами великих европейских мастеров, но и великолепными залами Зимнего дворца. Золото и мрамор, драгоценные камни и ткани, зеркала и хрусталь, изысканная мебель и паркет — всё здесь поражает красотой и богатством.

18. Выберите правильный ответ.

1. Пётр охотно покупал картины европейских художников, потому что...
   а) первым из русских царей побывал за границей;
   б) интересовался западной наукой и искусством;
   в) хотел создать собственную коллекцию картин.
2. Эрмитаж является крупнейшим музеем мира, потому что ...
   а) здесь находятся работы голландских и фламандских мастеров;
   б) здесь хранится около 3 000 000 произведений искусства;
   в) его украшают всемирно известные фигуры атлантов.

19. Найдите соответствия.

Ренуар →	«Мадонна Бенуа», «Мадонна Литта»
Рембрандт	→ импрессионизм
Леонардо да Винчи	кубизм
Анри Матисс	«Даная»
Пабло Пикассо	примитивизм

Русский музей

20. Прочитайте текст и посмотрите фильм «Русский музей». Выполните задания.

Русский музей — первый в России государственный музей русского изобразительного искусства. Он был основан в 1895 году в Санкт-Петербурге по указу императора Николая II. Сегодня это крупнейшее в мире собрание русского искусства. В музее хранится более 400 000 экспонатов, представляющих отечественное искусство с X века и до наших дней. Здесь находятся произведения декоративно-прикладного и народного искусства, а также живописи и скульптуры.

В 1898 году музей торжественно открыли для посетителей. С тех пор жители и гости Петербурга могут любоваться его шедеврами. Особое место в коллекции музея занимают древнерусские иконы. В Русском музее можно увидеть произведения известного мастера XV века Дионисия и его учеников, а также работы гениального Андрея Рублева.

Картины, собранные в музее, рассказывают об истории России, её культуре и духовных исканиях русских людей. В экспозиции музея богато представлена живопись XVIII века. Особый интерес у посетителей вызывают портреты, написанные художниками Рокотовым, Левицким и Боровиковским.

Среди экспонатов музея можно увидеть картины замечательного художника XIX века Карла Брюллова. Его грандиозное полотно «Последний день Помпеи» производит на зрителей незабываемое впечатление. Внимание многочисленных посетителей музея неизменно привлекают картины Васнецова, Сурикова, Левитана, Репина и других художников.

Неповторимое ви́дение мира демонстрируют картины художников-авангардистов Петрова-Водкина, Казимира Малевича и Павла Филонова.

Русская живопись прошла долгий путь развития от прикладного искусства и и́конописи до современных форм. Она вобрала в себя бесчисленные стили и опыт Европы, но сохранила свою самобытность. Благодаря этому коллекции Русского музея известны во всём мире.

1. Расскажите о произведениях искусства, которые хранятся в Русском музее.
2. Придумайте свои предложения со словосочетаниями: вызывать интерес у (*кого?*), привлекать внимание (*чьё?*), производить впечатление (*на кого?*).

Пригороды Санкт-Петербурга

21. Прочитайте слова, посмотрите их значение в словаре, обратите внимание на ударение в этих словах.

При́город, пала́та, нало́г, ро́скошь, оригина́льный, фаса́д, коло́нна, бал, маскара́д, чу́до — чудеса́, янта́рь, янта́рный, мощь, держа́ва, алле́я, пей́заж, пейза́жный парк, регуля́рный парк, увлече́ние, кувши́н, чино́вник, просвеще́ние, каска́д, анса́мбль, аттракцио́н, пасть льва, фейерве́рк, трон, тро́нный, орке́стр, зре́лище.

22. Запомните пары антонимов:

первый	— последний
роскошный	— скромный
внутренний	— внешний
популярный	— неизвестный
повышать	— понижать
богатство	— бедность
веселье	— печаль, грусть
многочисленный	— малочисленный
верхний	— нижний

23. Переведите словосочетания на родной язык.

Ввести налог (*на что?*); являться примером (*чего?*); не хватало (*чего?*); быть при дворе; знаменит (*чем?*); привести в восторг (*кого?*); носить имя (*чьё?*); воплощать (*что?*); обрести (*что?*); напоминать (*что?*); удивить (*кого? чем?*); называть по праву (*каким? какой?*); притягивать внимание (*чьё?*); славиться (*чем?*); сравнивать (*с чем?*); любоваться (*чем?*); производить впечатление (*на кого?*).

Царское Село

24. Прочитайте текст и посмотрите фильм «Царское Село». Выполните задания после текста.

Царское Село на протяжении столетий было любимым местом российских императоров и императриц. Первой хозяйкой Царского Села стала жена Петра Великого Екатерина I. Она приказала построить здесь скромные каменные палаты и разбить регулярный парк. В память о ней дворец и парк названы Екатерининскими.

Потом Царское Село перешло к дочери Петра Елизавете. В те времена в моде была роскошь, без которой красота казалась невозможной. Елизавета потратила огромные деньги, чтобы вместо скромных палат матери построить роскошный дворец. На отделку внутренних помещений этого дворца пошло более 100 килограммов золота. Денег не хватало. Поэтому императрица приказала повысить налоги и ввести новые. Так был введён налог на соль. Шутка, что соль помогает добывать золото, была популярной при дворе Елизаветы.

Екатерининский дворец является ярким примером оригинального стиля, который называется русское барокко. Величайшим мастером этого стиля был архитектор Растрелли. Он принёс на русскую землю свои воспоминания об Италии: сочетание голубого фасада и белых колонн дворца напоминают итальянское небо.

В роскошных залах Екатерининского дворца жили российские монархи. Здесь они принимали иностранных послов, устраивали балы и маскарады. Гордостью дворца стал большой зал. Посетителей поражают не только его величина, но и необыкновенная красота и богатство. Здесь во время балов веселились и танцевали гости.

Янтарная комната. Её называют одним из чудес света. Она была создана немецкими мастерами в 1711 году для дворца прусского короля. В Россию янтарную комнату привёз Пётр I. Собрали её уже после смерти императора в царствование его дочери Елизаветы. Именно в янтарной комнате русские императоры и императрицы принимали иностранных послов, чтобы показать богатство и мощь своей державы.

Около дворца, построенного Елизаветой, был разбит регулярный парк по моде того времени. Все аллеи и дорожки в нём были прямые. Парк украшали многочисленные скульптуры. В середине XVIII века во времена Екатерины II из Европы пришла новая мода. Начали создавать пейзажные парки: на смену увлечению разумом пришло увлечение свободой.

Одна из самых поэтических скульптур этого парка — девушка с кувшином. Это ей посвящено стихотворение Александра Пушкина:

Урну с водой уронив, об утес её дева разбила.
Дева печально сидит, праздный держа черепок.
Чудо! не сякнет вода, изливаясь из урны разбитой.
Дева, над вечной струёй, вечно печальна сидит.

Сегодня Царское село — это Государственный музей-заповедник, который ежедневно посещают несколько тысяч туристов.

25. Составьте план текста и расскажите о Царскосельском дворце и парке по этому плану. Используйте в своём рассказе словосочетания из задания 23.

Петергоф

26. Прочитайте текст и посмотрите фильм «Петергоф». Выполните задания после текста.

Петергоф — одна из загородных резиденций русских царей, которая находится на южном берегу Финского залива, недалеко от Санкт-Петербурга. Она была основана Петром I в 1709 году. Сегодня Петергоф — это грандиозный дворцово-парковый ансамбль, состоящий из Большого дворца, Верхнего сада и Нижнего парка с системой фонтанов и водных каскадов. Петергоф был построен в честь победы России в Северной войне. Он воплощает мощь и блеск державы, которая обрела выход к Балтийскому морю.

Роскошным ковром расстилается перед дворцом Верхний сад. Фонтан Нептун — самый большой в композиции фонтанов Верхнего сада. Он напоминает гигантское озеро из волшебной сказки. А над всем возвышается Большой Петергофский дворец.

Во дворце всё подчинено одной цели — удивить гостей богатством, роскошью и изысканностью залов. Одной из самых великолепных комнат является аудиенц-зал, предназначенный для приёма официальных гостей. Здесь русские императоры вели дипломатические переговоры и заключали соглашения с иностранными государствами.

Тронный зал посвящён императрице Екатерине II, которую по праву называют Великой. Она многое сделала для развития Российского государства. Портрет императрицы висит на стене, над императорским троном.

Нижний парк славится Большим каскадом фонтанов, который часто сравнивают с музыкальным оркестром, исполняющим торжественную симфонию. В центре Большого каскада находится знаменитая на весь мир статуя Самсона, раздирающего пасть льву. Благодаря 150 фонтанам каскада Нижний парк превращается в единый водный аттракцион.

Раз в году в конце мая в Петергофе ночью проходит праздник, на который приезжают многочисленные гости. Они любуются великолепием ночных фонтанов, фейерверками и театральным зрелищем. Этот праздник производит на всех незабываемое впечатление.

1. Где находится Петергоф?
2. Кем он был основан?
3. Что Петергоф представляет собой?
4. Что вы можете рассказать о Верхнем саде?
5. Какое впечатление произвёл на вас Петергофский дворец?
6. Что вы узнали о Нижнем парке?

НЕВСКИЙ ПРОСПЕКТ

- **Прочитайте повесть Н.В. Гоголя. Ответьте на вопросы после каждой главы.**

1

Нет ничего лучше Невского проспекта. Для Петербурга он всё. Чем только не блестит эта улица — красавица нашей столицы! Никто из её жителей не променяет Невский проспект ни на какие другие блага. И тот, кому только двадцать пять лет, и тот, у кого голова гладкая, как серебряное блюдо, — все в восторге от Невского проспекта. А дамы! О, дамам больше всего приятен Невский проспект. Да и кому же он не приятен? Едва только выйдёшь на Невский проспект, как уже пахнет одним гулянием. Даже если у тебя какое-нибудь важное дело, но, выйдя на проспект, позабудешь о всяком деле.

Невский проспект — это всеобщая коммуникация Петербурга. Здесь могут неожиданно встретиться люди, живущие в разных частях города и несколько лет не видевшие друг друга. Никакая справочная не даст вам таких верных сведений, как Невский проспект. Всемогущий Невский проспект! Единственное развлечение Петербурга! Как чисто подметены его тротуары, и, Боже, сколько ног оставило на нём свои следы! И грязный сапог отставного солдата, и миниатюрный, лёгкий, как дым, башмачок молоденькой дамы, оборачивающей свою головку к блестящим окнам магазина, как подсолнечник к солнцу, и гремящая сабля офицера — всё здесь демонстрирует могущество силы или могущество слабости. Какая быстрая фантасмагория совершается на проспекте в течение одного только дня! Сколько вытерпит он перемен в течение одних суток!

1. Чем, по мнению автора, Невский проспект отличается от других улиц Петербурга?
2. Как вы думаете, почему «Невский проспект — это всеобщая коммуникация Петербурга»?

2

Ранним утром Невский проспект почти пуст: хозяева магазинов ещё спят в своих голландских рубашках или мылят свою благородную щёку и пьют кофе. На проспекте можно увидеть только мужиков, спешащих на работу. Дамам в это время ходить неприлично, потому что простой русский народ любит употреблять такие резкие выражения, каких они не услышат даже в театре.

Иногда через Невский пройдёт в департамент сонный чиновник с портфелем. До двенадцати часов проспект не является ни для кого целью, он служит только средством. По нему идут люди, у которых свои занятия, свои заботы и вовсе не думающие о нём. В это время, что бы вы на себя ни надели, никто этого не заметит.

1. Кого можно встретить на Невском проспекте утром?
2. Как вы понимаете слова «До двенадцати часов проспект не является ни для кого целью, он служит только средством»?
3. Как вы думаете, почему в это время на Невском проспекте, «что бы вы на себя ни надели, никто этого не заметит»?

3

В двенадцать часов по Невскому проспекту гуляют гувернёры и гувернантки[1] всех наций со своими воспитанниками. Английские Джонсы и французские Коки идут под руку со своими питомцами и объясняют им, что вывески над магазинами делают для того, чтобы можно было узнать, что продаётся в этих магазинах. Гувернантки идут позади своих лёгоньких девчонок, приказывая им поднимать плечи выше и держаться прямо. Короче говоря, в это время Невский проспект — педагогический.

Но чем ближе к двум часам, тем меньше на нём педагогов и детей. Вместо них появляются их родители, идущие под руку. Постепенно к их обществу присоединяются все, окончившие важные домашние занятия: поговорившие со своим доктором о погоде, узнавшие о здоровье своих лошадей и детей, прочитавшие афишу и важную статью в газетах о приезжающих и отъезжающих, наконец выпивших чашку кофе или чаю. К ним присоединяются и те, которые служат

---

[1] *Гувернёр* — воспитатель детей в богатой семье.

в иностранной коллегии[1] и отличаются благородством своих занятий и привычек. Боже, какие есть прекрасные должности и службы! Как они возвышают и услаждают душу!

Только на Невском проспекте вы встретите чудные усы, которым их владельцы посвятили лучшую половину своей жизни. Только здесь вас ослепят тысячи сортов дамских шляпок, платьев и платков. Здесь вы встретите такие талии, какие вам никогда не снились: тоненькие, узенькие талии — прелестнейшее произведение природы и искусства. А какие встретите вы дамские рукава на Невском проспекте! Ах, какая прелесть! Они похожи на два воздушных шара. Кажется, что дама могла бы подняться и улететь, если бы её не поддерживал мужчина.

Нигде при встрече не раскланиваются так благородно и непринужденно, как на Невском проспекте. Только здесь вы встретите улыбки, которые являются верхом искусства. От такой улыбки иногда можно растаять от удовольствия, а иногда почувствовать себя ниже травы.

С двух до трёх часов дня на Невском происходит выставка всего самого лучшего, что есть у человека. Один показывает щегольской сюртук[2], другой — прекрасный греческий нос, третий несёт превосходные бакенбарды, четвёртая — пару хорошеньких глазок и удивительную шляпку, пятый — перстень с талисманом на щегольском мизинце, шестая — ножку в очаровательном башмачке, седьмой — галстук, вызывающий удивление, восьмой — изумительные усы. Но наступает три часа, и выставка оканчивается, толпа редеет.

1. Почему в 12 часов Невский проспект можно назвать «педагогическим»?
2. Кто появляется на Невском проспекте к двум часам?
3. Как вы думаете, автор серьёзно говорит о «важных домашних занятиях», которые окончили гуляющие по Невскому проспекту?
4. Как вы думаете, автор серьёзно описывает внешний вид мужчин и женщин?

---

[1] *Иностра́нная колле́гия* — министерство иностранных дел.

[2] *Сюрту́к* — широкая верхняя мужская одежда.

5. Как вы понимаете слова автора «с двух до трёх часов дня на Невском происходит выставка всего лучшего, что есть у человека»? Серьёзно ли автор говорит об этом?

4

В три часа — новая перемена. На Невском проспекте вдруг наступает весна: он весь покрывается чиновниками в зелёных мундирах, которые покидают свою службу и спешат домой. А с четырёх часов Невский проспект совсем пустой. Но как только начинается вечер, и зажигаются фонари, Невский проспект опять оживает. Тогда настаёт то таинственное время, когда лампы дают всему какой-то заманчивый, чудесный свет. Здесь вы можете встретить молодых людей, бегущих за дамами, чтобы заглянуть под их шляпку.

— Стой! — закричал в это время поручик[1] Пирогов шедшему с ним молодому человеку во фраке. — Видел?

— Видел, чудная, похожа на Бианку Перуджино[2].

— Да ты о ком говоришь?

— О той, что с тёмными волосами. И какие глаза! Боже, какие глаза!

— Я говорю тебе о блондинке, что пошла в ту сторону. Что ж ты не идёшь за брюнеткой, если она так тебе понравилась?

— О, как можно! — воскликнул, покраснев, молодой человек во фраке. — Это должна быть очень знатная дама. Один её плащ стоит рублей восемьдесят!

— Простак! — закричал Пирогов. — Иди за ней! А я пойду за блондинкой.

Приятели разошлись в разные стороны.

«Знаем мы вас всех», — думал про себя с самодовольной улыбкой Пирогов, уверенный, что нет красоты, которая бы не покорилась ему.

1. Что происходит на Невском проспекте после трёх часов дня?

---

[1] *Пору́чик* — низший офицерский чин.

[2] *Пьётро Перуджи́но* — итальянский художник эпохи Возрождения, учитель Рафаэля.

2. Кого можно увидеть на Невском проспекте вечером?
3. Кого встретили поручик Пирогов и его товарищ?

5

Молодой человек во фраке робко пошёл в ту сторону, где виднелся яркий плащ незнакомки. Его сердце билось, и он невольно ускорял свой шаг. Он не смел и думать о том, чтобы получить какое-нибудь право на внимание улетавшей вдаль красавицы. Ему хотелось только увидеть дом, где живёт это прелестное существо, которое, казалось, слетело с неба прямо на Невский проспект и, верно, опять улетит неизвестно куда.

Этот застенчивый и робкий молодой человек, по фамилии Пискарёв, был художником. В его душе были чувства, готовые при удобном случае превратиться в пламя. С тайным трепетом спешил он за своим предметом, так сильно его поразившим, и, казалось, сам удивлялся своей дерзости. Незнакомка вдруг повернула голову и взглянула на него. Боже, какие божественные черты! Ослепительно белый лоб и прекрасные чёрные волосы. На щеках свежий румянец от вечернего холода. Она сурово взглянула на Пискарёва, его сердце затрепетало. Он остановился, робко опустив глаза. Но разве он мог потерять это божество! Он решил следовать за ней дальше.

Прохожих на улице становилась всё меньше. Красавица оглянулась ещё раз, и Пискарёв увидел, как лёгкая улыбка мелькнула на её губах. Он не верил своим глазам. Все его чувства горели. Ему казалось, что мост бесконечно тянулся, скачущие лошади были неподвижны, а дом стоял крышей вниз. И всё это сделал один взгляд, один поворот хорошенькой головки.

Он так быстро бежал за прекрасной незнакомкой, что даже не заметил, как вдруг перед ним вырос большой четырёхэтажный дом. Он только увидел, как девушка оглянулась, положила на губы палец и дала ему знак следовать за собой. Его колени дрожали; чувства и мысли горели. Нет, это уже не мечта! Боже! Столько счастья в один миг! Такая чудесная жизнь в двух минутах! Но не во сне ли это всё?

Он поднялся по лестнице. Слабое прекрасное существо оказало ему такое доверие! Пискарёв почувствовал себя рыцарем и был готов рабски исполнить все её желания. Он не сомневался, что какая-то тайна заставила незнакомую девушку доверить ему свою судьбу, и чувствовал в себе силу выполнить всё, что она попросит.

1. Кем был молодой человек, который пошёл за брюнеткой в ярком плаще?
2. Кем незнакомка кажется Пискарёву?
3. Какие чувства испытывает Пискарёв, следуя за девушкой?
4. С какими мыслями Пискарёв поднимался по лестнице?

6

«Идите осторожнее!» — зазвучал, как арфа, голос девушки и наполнил его сердце новым трепетом. На четвёртом этаже незнакомка постучала в дверь, и они вместе вошли. Их встретила женщина довольно недурной внешности, но она так странно и нагло посмотрела на Пискарёва, что он невольно опустил свои глаза. Они вошли в комнату, и Пискарёв увидел трёх женщин. Одна раскладывала карты; другая сидела за фортепиано и играла двумя пальцами какую-то мелодию; третья сидела перед зеркалом, расчёсывая свои длинные волосы, и вовсе не смутилась при виде незнакомого человека. В комнате царствовал какой-то неприятный беспорядок, который можно встретить только в жилище холостяка. Из другой комнаты через открытую дверь раздавался громкий мужской голос и женский смех.

Боже, куда он зашёл! Он не хотел верить своим глазам и внимательно рассматривал предметы, наполнявшие комнату. Но голые стены и окна без занавесок говорили об отсутствии заботливой хозяйки. Пискарёв ещё раз осмотрел с ног до головы свою незнакомку. Та ли это красавица, которая околдовала его на Невском проспекте? Девушка стояла перед ним; её волосы были так же прекрасны; глаза казались такими же небесными. Ей было лет семнадцать. Она была свежа и хороша собой. Было видно, что этот ужасный разврат настиг её недавно.

Пискарёв продолжал неподвижно стоять перед ней. Но красавице наскучило его молчание, и она улыбнулась, глядя ему прямо в глаза. Эта улыбка была исполнена какой-то жалкой наглости. Он содрогнулся. Она раскрыла свои хорошенькие уста и заговорила. Но всё, сказанное ею, было так глупо, так пошло... Как будто вместе с непорочностью ум человека оставляет его. Пискарёв уже ничего не хотел слышать. Он был чрезвычайно смешон и прост, как дитя. Вместо того чтобы воспользоваться таким случаем, каким другой мужчина воспользовался бы на его месте, художник выбежал на улицу.

1. Что увидел Пушкарёв, когда вошёл в квартиру вслед за незнакомкой?
2. Что понял Пискарёв, когда увидел жилище незнакомки?
3. Что почувствовал Пискарёв, когда незнакомка улыбнулась и заговорила с ним?
4. Почему Пискарёв убежал из квартиры девушки?

7

Пискарёв печально сидел в своей комнате, как бедняк, нашедший бесценную жемчужину и тут же уронивший её в море. «Такая красавица, такие божественные черты — и где же? В каком месте!..» Вот всё, что он мог выговорить.

В самом деле, жаль, когда такая красота тронута тлетворным дыханием разврата. Красавица, околдовавшая бедного Пискарёва, была действительно чудесное, необыкновенное явление. Черты её прекрасного лица были так чисты, его выражение было так благородно, что нельзя было и подумать, что разврат распустил над нею свои страшные когти.

Проникнутый жалостью, Пискарёв сидел перед горящей свечой. Уже и полночь давно прошла, а он сидел неподвижный, без сна. Дремота уже начала тихонько одолевать его, уже комната начала исчезать, как вдруг он услышал стук в дверь. Дверь открылась, и вошёл лакей[1] в богатой ливрее[2]. Пискарёв с любопытством смотрел на него.

— Та барыня, — сказал лакей, — у которой вы были несколько часов назад, приказала просить вас к себе и прислала за вами карету.

---

[1] *Лакéй* — слуга.

[2] *Ливрéя* — форменная одежда слуги.

Пискарёв был удивлён: «Карета, лакей в ливрее!.. Нет, здесь, верно, есть какая-нибудь ошибка...»

— Послушайте, — произнёс он с робостью, — вы, наверное, не туда зашли. Вас барыня, без сомнения, прислала за кем-нибудь другим, а не за мной.

— Нет, сударь, я не ошибся. Ведь вы проводили барыню пешком к дому, что на Литейном проспекте[1], в комнату четвёртого этажа?

— Я.

— Ну, так пожалуйте поскорее, барыня желает вас видеть и просит прийти прямо к ним домой.

Пискарёв сбежал с лестницы. На дворе точно стояла карета. Он сел в неё, дверцы хлопнули, камни мостовой загремели под колесами — и освещённые дома с яркими вывесками понеслись мимо каретных окон. Пискарёв думал всю дорогу и не знал, как понять это. Собственный дом, карета, лакей в богатой ливрее... — всё это он никак не мог связать с комнатой на четвёртом этаже, пыльными окнами и расстроенным фортепиано.

1. Что чувствовал Пискарёв, когда вернулся домой?
2. Какое удивительное событие произошло, когда Пискарёв сидел дома?
3. Чего никак не мог понять Пискарёв?

8

Карета остановилась перед ярко освещённым подъездом. Пискарёва поразили ряд экипажей, говор кучеров, ярко освещённые окна и звуки музыки. Лакей в богатой ливрее высадил его из кареты и почтительно проводил в прихожую с мраморными колоннами и с важным швейцаром. Лестница с блестящими перилами вела наверх. Пискарёв поднялся по ней и вошёл в первую залу. Сверкающие дамские плечи и чёрные фраки, люстры и лампы — всё было великолепно. В центре зала Пискарёв увидел танцующие пары. Девушки в воздушных платьях едва касались блестящими ножками паркета. Между ними была одна, одетая лучше и роскошнее всех. Она и глядела и не глядела

[1] *Литéйный проспéкт* — улица в центре Санкт-Петербурга.

на толпу зрителей, опустив равнодушно прекрасные длинные ресницы.

Чтобы рассмотреть её лучше, Пискарёв прошёл вперёд. Но тут он взглянул на своё платье. Творец небесный, что это! На нём был запачканный красками сюртук: он забыл переодеться. Пискарёв не знал, куда деться. Он со страхом поднял глаза: Боже! красавица стояла перед ним... Но что это? «Это она!» — вскрикнул он почти во весь голос. В самом деле, это была она, та самая девушка, которую он встретил на Невском проспекте и проводил к её дому.

1. Куда попал Пискарёв из своего дома?
2. Кого встретил Пискарёв на балу?

9

Глаза девушки встретились с глазами Пискарёва. О, какое небо! Какой рай! Дай силы, создатель, перенести это. Танец длился долго. Когда он закончился, девушка села. Пискарёв встал у неё за стулом, не смея говорить, не смея дышать.

— Вам было скучно? — спросила она. — Я также скучала. Я замечаю, что вы меня ненавидите... — прибавила она, опустив свои длинные ресницы.

— Вас ненавидеть! Мне? Я... — Пискарёв хотел что-то сказать, но в это время к ним подошёл молодой человек и заговорил с девушкой. Когда он отошёл, она сказала Пискарёву:

— Я буду откровенна: вам, наверно, показались странными обстоятельства нашей встречи. Неужели вы думаете, что я могу принадлежать к тому презренному классу творений, среди которых вы меня встретили? Вам кажутся странными мои поступки, но я вам открою тайну: будете ли вы в состоянии навсегда сохранить её?

— О, буду! буду! буду!..

В это время к ним подошёл довольно пожилой человек, заговорил с красавицей на каком-то незнакомом Пискарёву языке и подал ей руку. Девушка посмотрела на Пискарева и дала ему знак оставаться на своём месте и ожидать её возвращения. Но Пискарёв пошёл вслед за ней. Скоро толпа их разделила, и он уже не видел девушку. Пискарёв с беспокойством ходил из комнаты в комнату, но красавицы нигде не было. «Где же она? О, я не могу жить, не взглянув на неё! Я хочу услышать, что она хотела мне сказать», — но все его поиски оставались безуспешными.

Утомлённый, Пискарёв сидел в углу зала и смотрел на толпу. Его глаза устали и начали представлять ему всё в каком-то неясном виде. Наконец он явственно увидел стены своей комнаты. Он поднял глаза; перед ним стоял подсвечник с почти потухавшим огнём.

1. Что чувствовал Пискарёв, встретив на балу свою красавицу?
2. О чём разговаривает незнакомка с Пискарёвым на балу?
3. Что случилось на балу во время разговора незнакомки с Пискарёвым?

10

Так это был сон! Боже, какой сон! Зачем он проснулся? Красавица вернулась бы и рассказала ему свою тайну! Тусклый свет глядел в его окна. О, как отвратительна действительность! Разве её можно сравнить с мечтой? Пискарёв быстро разделся и лёг в постель, надеясь увидеть продолжение сна. Он пролежал в постели до самого полудня, желая заснуть. Но сон так и не пришёл к нему.

Позабыв всё, Пискарёв сидел с безнадёжным видом. Его глаза безучастно глядели в окно. Так просидел он до самого вечера, а потом с жадностью бросился в постель. «Боже, хотя на минуту, хотя на одну минуту покажи её!» Наконец она явилась! Вот её головка и локоны... она глядит... Но, как ненадолго!

Постепенно весь смысл существования для Пискарёва сосредоточился на сновидениях. Он оживал только при наступлении ночи. Такой образ жизни подорвал его силы. Но самое ужасное заключалось в том, что сон скоро начал оставлять его. Желая спасти это своё единственное богатство, Пискарёв употреблял все средства. Он услышал, что для восстановления сна нужно принять опиум. Но где достать этот опиум? Пискарёв вспомнил про одного персиянина и решился пойти к нему, думая, что у него есть этот опиум. Персиянин принял его сидя на диване.

— Зачем тебе опиум? — спросил он Пискарёва.

Художник рассказал ему про свою бессонницу.

— Хорошо, я дам тебе опиум, только нарисуй мне красавицу.

Пискарёв обещал. Персиянин на минуту вышел и возвратился с баночкой, наполненной темной жидкостью. Он дал её Пискарёву и сказал, что он может употреблять не больше семи капель в воде. Художник с жадностью схватил эту драгоценную баночку и побежал домой.

1. Что почувствовал Пискарёв, когда проснулся?
2. Как вы понимаете слова: весь смысл существования для Пискарёва сосредоточился на сновидениях?
3. Зачем Пискарёв пошёл к персиянину?

⓫

Когда Пискарёв пришёл домой, он налил несколько капель жидкости в стакан с водою, выпил и лёг спать.

Боже, какая радость! Она! Опять она! Но уже совершенно в другом виде. О, как хорошо она сидит у окна деревенского домика! Как мила её грациозная походка! Как музыкален шум её шагов и скромного платья! Она говорит ему со слезами на глазах: «Не презирайте меня: я вовсе не та, за которую вы принимаете меня. Посмотрите на меня внимательнее и скажите: разве я способна к тому, о чём вы думаете?» — «О! нет, нет! пусть тот, кто подумает, пусть тот...»

Тут он проснулся со слезами на глазах. «Лучше бы ты вовсе не существовала! Не жила в мире, а была бы созданием вдохновенного художника! Я бы не отходил от холста, я бы вечно глядел на тебя и целовал бы тебя. Я бы жил и дышал тобой, как прекраснейшей мечтой, и я бы был тогда счастлив. Но теперь... какая ужасная жизнь! Боже! Вечный раздор мечты с действительностью!» — подумал Пискарёв с горечью.

Такие мысли занимали его постоянно. Он больше ни о чём не думал, почти ничего не ел и с нетерпением ожидал вечера и желанного видения.

Из всех сновидений одно было для него самым радостным: он видел свою мастерскую, в его руках была палитра, он рисовал. Ему было весело! Она сидела тут же и смотрела на его работу. Она была уже его женой. Всё в его комнате дышало счастьем; было так светло, так чисто. Создатель! Лучшего сна он ещё никогда не видел. Он проснулся и подумал: «Может быть, она случайно вовлечена в разврат и желает вырваться из него. Неужели можно равнодушно смотреть, как она гибнет. Нужно просто подать ей руку, чтобы спасти её». Мысли его шли ещё дальше. «Если она раскается и переменит свою жизнь, я тогда женюсь на ней. Я должен на ней жениться. Я возвращу миру это прекраснейшее создание».

Пискарёв тщательно оделся, умылся, причесал волосы, надел новый фрак, щегольской жилет, набросил плащ и вышел на улицу. Он вдохнул свежий воздух и почувствовал свежесть на сердце, как выздоравливающий, который вышел в первый раз после долгой болезни. Сердце его билось, когда он подходил к той улице, на которой не был со времени роковой встречи.

1. Какой видит Пискарёв свою незнакомку во сне?
2. Какое сновидение было самым радостным для Пискарёва? Почему?
3. Какое решение принимает Пискарёв? Почему?
4. Как характеризует Пискарёва его решение?

⓬

Пискарёв долго искал дом. Наконец нашёл его. Он быстро взбежал по лестнице, постучал в дверь: дверь открылась. Кто же вышел к нему навстречу? Его идеал, та, о которой он так мучительно и сладко думал. Он едва мог удержаться на ногах от слабости. Она стояла перед ним такая же прекрасная, как и в первый раз. Правда, её глаза были заспанными, а лицо бледным и уже не таким свежим.

— А! — сказала она, увидев Пискарёва. — Зачем вы убежали от нас тогда?

Он бессильно сел на стул и глядел на неё.

— А я только что проснулась; меня привезли в семь часов утра. Я была совсем пьяная, — прибавила она с улыбкой.

О, лучше бы ты была немой! Пискарёв вдруг увидел всю её жизнь. Собравшись с духом, он дрожащим голосом начал говорить о её ужасном положении. Красавица слушала его внимательно, но с удивлением. Её приятельница, сидевшая в углу, тоже внимательно слушала Пискарёва.

— Правда, я беден, — сказал наконец Пискарёв, — но мы будем трудиться. Мы постараемся вместе улучшить нашу жизнь. Я буду писать картины, ты будешь заниматься рукоделием. Мы ни в чём не будем иметь недостатка.

— Как можно! — красавица презрительно прервала его. — Я не прачка и не швея, чтобы работать.

Боже! В этих словах выразилась вся её низкая и презренная жизнь, — жизнь, наполненная пустотой и праздностью, верными спутниками разврата.

— Женитесь на мне! — подхватила с наглым видом её приятельница. — Если я буду вашей женой, я буду сидеть вот как!

Она сделала глупую мину на своём жалком лице и рассмешила красавицу.

О, это уже слишком! Этого нет сил перенести. Пискарёв выбежал вон. Его ум помутился. Ничего не видя, не слыша и не чувствуя, он бродил весь день по городу. Только на другой день он вернулся в свою квартиру, бледный, с признаками безумия на лице. Он закрылся в комнате и никого не впускал. Прошла неделя, его комната всё так же была закрыта. Соседи звали его, но ответа не было. Они выломали дверь, и нашли его труп с перерезанным горлом.

Так погиб бедный художник Пискарёв. Тихий и робкий, он оказался жертвой безумной страсти. Его одинокий гроб отвезли на кладбище. Даже поручик Пирогов не пришёл проводить своего умершего приятеля. Впрочем, Пирогову было совсем не до того. Но обратимся к нему.

1. Что понял Пискарёв, когда увидел и услышал свою незнакомку в её квартире?
2. Какую жизнь нарисовал Пискарёв перед незнакомкой?
3. Почему красавица отказалась от предложения Пискарёва?
4. Что случилось с Пискарёвым после посещения дома незнакомки?
5. Как вы думаете, почему Пискарёв выбрал для себя смерть?

⓭

Мы оставили поручика Пирогова, когда он расстался с бедным Пискарёвым и поспешил за блондинкой. Эта блондинка была лёгкое, довольно интересное создание. Она глядела по сторонам, останавливалась перед каждым магазином и рассматривала выставленные в витринах косынки, серьги, перчатки и другие безделушки. «Ты, голубушка, моя!» — самоуверенно думал Пирогов. Он продолжал своё преследование, закрыв лицо воротником шинели, чтобы его не узнал кто-нибудь из знакомых.

Скоро блондинка вбежала в ворота одного довольно старого дома. Пирогов — за ней. Блондинка взбежала по узкой тёмной лестнице и вошла в дверь квартиры. Пирогов последовал за ней и оказался в большой комнате с чёрными стенами и чёрным потолком. На столе лежали слесарные инструменты, стояли металлические кофейники и подсвечники. Пирогов понял, что это была квартира ремесленника. Незнакомка вошла в боковую дверь. Пирогов на минуту задумался, но, следуя русскому правилу, решил идти вперёд и оказался в аккуратно убранной комнате, совсем не похожей на первую.

Пирогов был поражён необыкновенно странной картиной. Перед ним сидел жестянщик Шиллер. Возле Шиллера стоял сапожник Гофман, большой приятель Шиллера. Шиллер был пьян и сидел на стуле, поднявши вверх голову; а Гофман держал его двумя пальцами за нос и вертел своим сапожным ножом. Оба говорили на немецком языке, и потому поручик Пирогов, который знал по-немецки только «гут морген», ничего не мог понять.

— Мне не нужен нос! — говорил Шиллер. — У меня на один нос выходит три фунта табаку в месяц. И я плачу за каждый фунт по сорок копеек; это будет рубль двадцать копеек; двенадцать раз по рубль двадцать копеек — это будет четырнадцать рублей сорок копеек в год. Слышишь, друг мой Гофман? На один нос четырнадцать рублей сорок копеек! Это разбой! Я спрашиваю тебя, мой друг Гофман, не так ли? — Гофман, который сам был пьян, отвечал утвердительно. — Четырнадцать рублей сорок копеек! Я не хочу носа! Режь мне нос!

И если бы не внезапное появление поручика Пирогова, то, без всякого сомнения, Гофман отрезал бы Шиллеру нос. Шиллеру не понравилось, что незнакомый человек ему помешал. Хотя Шиллер был пьян, он чувствовал, что неприлично в таком виде находиться в присутствии постороннего свидетеля. Между тем Пирогов слегка наклонился и вежливо сказал:

— Вы извините меня...

— Пошёл вон! — отвечал Шиллер.

Это озадачило поручика Пирогова. Такое обращение ему было совершенно ново. Улыбка исчезла с его лица. С чувством огорчённого достоинства он сказал:

— Мне странно, милостивый государь... вы, верно, не заметили... я офицер...

— Что такое офицер! Я — швабский немец. Я с офицером сделает этак: фу! — при этом Шиллер подставил ладонь и дунул на неё.

Поручик Пирогов увидел, что ему ничего не оставалось, как только уйти. Однако такое обращение было ему неприятно. Но рассудив, что Шиллера можно извинить, потому что он был пьян, а также вспомнив блондинку, которая ему понравилась, Пирогов решил забыть эту неприятность.

1. Куда попал Пирогов, когда пошёл вслед за блондинкой?
2. Какую сцену увидел Пирогов в доме блондинки?

3. Почему Шиллер требовал отрезать ему нос?
4. Как вёл себя Шиллер по отношению к Пирогову? Почему?
5. Почему Пирогов решил простить Шиллеру его грубость?

14

На другой день, рано утром, поручик Пирогов опять пришёл в мастерскую Шиллера. В передней комнате его встретила хорошенькая блондинка и довольно суровым голосом спросила:

— Что вам угодно?

— А, здравствуйте, моя миленькая! Вы меня не узнали? Какие хорошенькие глазки! Поручик Пирогов хотел взять её за подбородок.

Но блондинка пугливо повторила:

— Что вам угодно?

— Вас видеть, больше ничего мне не угодно, — ответил поручик Пирогов, довольно приятно улыбаясь и подходя ближе. Но, заметив, что пугливая блондинка хотела убежать, прибавил:

— Мне нужно, моя миленькая, заказать шпоры. Вы можете мне сделать шпоры? Хотя для того, чтобы любить вас, совсем не нужно шпор. Какие миленькие ручки!

— Я сейчас позову моего мужа, — вскрикнула немка и ушла. Через несколько минут Пирогов увидел Шиллера, выходившего с заспанными глазами. Взглянувши на офицера, он вспомнил события вчерашнего дня. Он не помнил, что именно было вчера, но чувствовал, что сделал какую-то глупость, и потому принял офицера с очень суровым видом.

— Я за шпоры не могу взять меньше пятнадцати рублей, — произнес Шиллер, желая отделаться от Пирогова, потому что ему, как честному немцу, было очень стыдно смотреть на того, кто видел его в неприличном положении.

— Почему же так дорого? — ласково сказал Пирогов.

— Немецкая работа, — хладнокровно ответил Шиллер. — Русский сделает вам за два рубля.

— Хорошо, я заплачу вам пятнадцать рублей, чтобы доказать, что я вас люблю и желаю с вами познакомиться.

Шиллер на минуту задумался: ему, как честному немцу, было немного совестно. Не желая брать у офицера деньги, он сказал, что выполнит заказ нескоро, только через две недели. Пирогов согласился ждать.

Немец стал размышлять о том, как бы получше сделать свою работу, чтобы она действительно стоила пятнадцать рублей. В это время в мастерскую вошла блондинка. Поручик, подошёл к ней и пожал её руку, обнажённую до самого плеча. Шиллеру это совсем не понравилось.

— Моя жена! — закричал он.

— Что вам угодно? — спросила блондинка мужа.

— Ступай на кухню!

Блондинка ушла.

— Так через две недели? — спросил Пирогов.

— Да, через две недели, — ответил Шиллер, — у меня теперь много работы.

— До свидания! Я к вам зайду.

— До свидания, — ответил Шиллер, закрывая за ним дверь.

1. Как объяснил Пирогов свой визит к Шиллеру?
2. Как ведёт себя Пирогов с блондинкой?
3. Почему Шиллер не хочет принимать заказ Пирогова?
4. Что придумал Шиллер, чтобы отказаться от заказа Пирогова?
5. Почему Пирогов принимает все условия Шиллера?

15

Поручик Пирогов всё еще надеялся на успех, несмотря на явный отпор, который дала ему немка. Он не мог понять, как можно отказать ему, офицеру. Надо сказать, что жена Шиллера была очень глупа. Впрочем, глупость составляет особенную прелесть в хорошенькой жене. Я знал много мужей, которые были в восторге от глупости своих жён и видели в ней все признаки младенческой невинности. Красота производит большие чудеса: все душевные недостатки красавицы становятся привлекательными. Но исчезни красота — и женщине нужно быть в двадцать раз умнее мужчины, чтобы внушить к себе любовь или хотя бы уважение.

Жена Шиллера, при всей глупости, была всегда верна своему мужу, и потому у Пирогова шансов на успех не было. Но именно поэтому блондинка становилась для него интереснее день ото дня. Он довольно часто приходил к ней домой, чтобы спросить о шпорах. Шиллеру это надоело, и он старался поскорее окончить эту работу. Наконец шпоры были готовы.

— Ах, какая отличная работа! — сказал поручик Пирогов, увидев шпоры. — Господи, как хорошо сделано! Даже у нашего генерала нет таких шпор.

Шиллер был очень доволен. Глаза его глядели довольно весело, и он совершенно примирился с Пироговым. «Русский офицер — умный человек», — думал он про себя.

— Так вы можете сделать и оправу, например, к кинжалу или другим вещам?

— Конечно, могу, — сказал Шиллер с улыбкой.

— Так сделайте мне оправу к кинжалу. У меня есть очень хороший турецкий кинжал, и мне бы хотелось сделать к нему новую оправу.

Для Шиллера это был как удар бомбой. «Вот тебе на!» — подумал он, внутренне ругая себя за то, что сам напросился на работу. Отказаться он считал уже бесчестным. Ведь русский офицер похвалил его работу! Покачав головой, Шиллер согласился. Но поцелуй в самые губки, которым Пирогов, уходя, наградил блондинку, заставил его задуматься. Несчастный муж почувствовал что-то похожее на ревность.

Шиллер ломал голову и не мог придумать, как избавиться от этого русского офицера. А Пирогов между тем, куря трубку в кругу своих товарищей, с улыбкой намекал на интригу с хорошенькой немкой, с которой, по его словам, он был уже накоротке.

1. Почему блондинка становилась для Пирогова интереснее день ото дня?

2. Вы согласны с рассуждением автора о женской красоте и глупости?
3. Как вы думаете, зачем Пирогов попросил Шиллера сделать ещё и оправу к кинжалу?
6. Что Пирогов рассказывал своим товарищам о знакомстве с немкой и как это его характеризует?

16

Однажды Пирогов гулял по Мещанской улице около дома Шиллера. К своей величайшей радости, он увидел в окне головку блондинки, которая смотрела на прохожих. Он остановился, помахал ей рукой и сказал: «Гут морген!» Блондинка поклонилась ему как знакомому.

— Ваш муж дома?

— Дома, — отвечала блондинка.

— А когда он не бывает дома?

— Он по воскресеньям не бывает дома, — сказала глупенькая блондинка.

«Это хорошо, — подумал про себя Пирогов, — этим нужно воспользоваться».

В следующее воскресение Пирогов явился перед блондинкой как снег на голову. Шиллера действительно не было дома. Хорошенькая хозяйка испугалась. Но Пирогов вёл себя очень вежливо. Он очень приятно шутил, но глупенькая немка отвечала на всё односложными словами. Наконец он предложил ей танцевать. Блондинка сразу согласилась, потому что немки любят танцы. Пирогов очень надеялся на это: во-первых, это доставляло ей удовольствие, во-вторых, он мог показать свою ловкость, а в-третьих, во время танца можно было обнять хорошенькую немку. Пирогов начал танец. Блондинка выступила на середину комнаты и подняла прекрасную ножку. Это так восхитило Пирогова, что он бросился её целовать. Немка начала кричать и этим ещё больше понравилась Пирогову. Он продолжал её страстно целовать. Вдруг открылась дверь, и в комнату вошли Шиллер, Гофман и столяр Кунц. Все ремесленники были пьяны как сапожники.

— Грубиян! — закричал Шиллер, — как ты смеешь целовать мою жену? Ты подлец, а не русский офицер!

И немцы схватили Пирогова за руки и за ноги и выкинули его на улицу.

Напрасно он пытался сопротивляться; эти три ремесленника были самые сильные из всех петербургских немцев.

1. Почему Пирогов хотел прийти к немке, когда Шиллера не будет дома?
2. Как вёл себя Пирогов в гостях у немки? Почему?
3. Почему Пирогов предложил немке танцевать?
4. Что случилось, когда неожиданно вернулся Шиллер с друзьями?

17

Пирогов был разгневан! Мысль об ужасном оскорблении приводила его в бешенство. Он хотел идти прямо к генералу, чтобы описать ему самыми яркими красками буйство немецких ремесленников. Он хотел подать письменную жалобу одновременно в главный штаб, в государственный совет и даже самому государю.

Но по дороге Пирогов зашёл в кондитерскую, съел два пирожка, почитал журнал и вышел уже не в таком гневном настроении. Он немного погулял по Невскому проспекту, к девяти часам совсем успокоился и решил, что в воскресенье нехорошо беспокоить генерала, и отправился на вечер к одному своему знакомому. Там он с удовольствием провёл время и так отличился в мазурке, что привёл в восторг не только дам, но даже и кавалеров.

«Дивно устроен наш свет! — думал я, идя недавно по Невскому проспекту и вспоминая эти два происшествия. — Как странно нами играет судьба! Получаем ли мы то, чего желаем? Достигаем ли мы того, к чему, кажется, приготовлены наши силы? Нет, всё происходит наоборот».

Но всё самое странное случается на Невском проспекте. О, не верьте этому Невскому проспекту! Я всегда закутываюсь в плащ, когда иду по нему, и стараюсь не глядеть вокруг. Всё обман, всё мечта, всё не то, чем кажется! Вы думаете, что этот господин, который гуляет в отлично сшитом сюртуке, очень богат? Совсем нет: он весь состоит из своего сюртука. Вы думаете, что эти дамы... но дамам меньше всего верьте. Боже вас сохрани заглядывать дамам под шляпки! Как ни развевайся вдали плащ красавицы, я ни за что не пойду за ней.

Невский проспект всегда лжёт, но больше всего ночью, когда сам демон зажигает лампы, чтобы показать всё не в настоящем виде.

1. Как закончился гнев Пирогова?
3. Почему автор говорит, что Невский проспект всегда лжёт?
4. Сравните слова автора о Невском проспекте в начале повести и в конце. Как вы можете объяснить разницу?
5. Как вы думаете, кому симпатизирует автор: Пискарёву или Пирогову? Или никому? Почему вы так думаете?
6. Сравните характеры Пискарёва и Пирогова? Кто вам более симпатичен? Почему?

ОГЛАВЛЕНИЕ